COLLECTION FOLIO

Xun zi

Traité sur le Ciel

et autres textes

Traduit du chinois
et annoté par Rémi Mathieu

Gallimard

Ces textes, « Le perfectionnement de soi », « Honneur et déshonneur » et « Traité sur le Ciel », extraits de *Philosophes confucianistes* (Éditions Gallimard, Bibliothèque de la Pléiade), constituent respectivement les chapitres II, IV et XVII de l'ouvrage éponyme de Xun zi.

Xun zi (~310 à ~235), penseur confucianiste, rédige son œuvre à une époque où les « Royaumes combattants » qui composent la Chine continuent à s'entre-déchirer. Il ne cesse dans son œuvre de s'interroger sur les moyens de mettre un terme à ces conflits par la pensée sociologique et la morale. Durant ses années de formation, il rédige probablement déjà de nombreux écrits sociopolitiques. Grand érudit à la curiosité universelle, nourrissant sa pensée des sources les plus diverses, sa réflexion porte sur de nombreux sujets, tels que la logique, la linguistique, la poésie, la musique, l'astrologie, les rites, l'étude, la culture de soi, la morale, la richesse des États et des hommes, la sociologie. Après avoir été administrateur de l'académie Jixia, dans le nord de la Chine, où il a lui-même étudié, il devient magistrat, en ~255 à Lanling (dans le Shandong), et consacre ses dernières années à l'enseignement. L'influence de son œuvre, mais aussi de sa personnalité et de son enseignement, sera immense dans les esprits des lettrés, mais aussi dans les cercles du pouvoir.

Xun zi composa les principaux éléments de l'ouvrage

aujourd'hui connu sous le nom de *Xun zi* au gré de sa vie de courtisan et d'enseignant, et les assembla au terme de sa carrière, ses disciples complétant et remaniant certains chapitres. Pour lui, l'homme est mauvais par nature, mais s'il est donc, potentiellement, le pire des monstres, il peut devenir aussi le plus grand des sages. L'homme a cependant la capacité de combattre ce mal pour son bien et pour celui de tous. Pour l'éloigner de sa nature brute, les rites, les règles sociales sont les correcteurs les plus efficaces, permettant notamment de maîtriser les émotions — lors des deuils, mariages, naissances, rencontres — mais aussi de les susciter. C'est donc parce qu'il appartient à un corps social que l'homme peut cheminer vers le bien, devenir chaque jour un peu plus honorable, perfectionner sa personne. Dans ce cheminement, le Ciel, par son immuabilité, constitue un modèle pour les hommes en général, et le sage en particulier. Puissance et modèle, élément neutre impartial sans parti pris, sans dessein, mais pas sans ordre, le Ciel commande le destin.

Le perfectionnement de soi

[12] Le spectacle du bien incite toujours à en surveiller avec attention la présence en soi. Le spectacle du mal incite toujours à en examiner avec appréhension la présence en soi. La présence du bien en soi incite nécessairement à en goûter la pureté pour mieux l'apprécier en soi-même. La présence du mal en soi incite nécessairement à en déplorer l'impureté pour mieux la détester en soi-même. C'est pourquoi, si celui qui me critique à bon escient est mon maître et celui qui m'approuve à bon escient mon ami, celui qui me flatte en flagorneur est mon malfaiteur. C'est pourquoi l'homme de bien tient en haute estime son maître, chérit son ami, mais déteste au plus haut point ses

malfaiteurs. Il apprécie le bien sans satiété, reçoit des remontrances et sait faire son miel des mises en garde. Même s'il n'avait pas le désir de progresser, comment n'obtiendrait-il pas [cette avancée] ? Tandis que l'homme de peu, lui, fait tout le contraire. Quand il suscite des troubles, il déteste que les gens le critiquent ; quand il fait la preuve de son incapacité, il aspire à ce que les gens le considèrent comme un sage. Son cœur est semblable à celui des tigres ou des loups et ses actes semblables à ceux *[13]* des oiseaux ou des quadrupèdes[1] ; de plus, il déteste que les gens se comportent en offenseurs avec lui. Il fréquente les flagorneurs qui le flattent, mais ignore les contempteurs qui le combattent. Il se moque de qui pratique la rectitude et injurie qui fait preuve de la plus grande loyauté. Même s'il a le désir de fuir la destruction et la disparition, comment n'y échapperait-il pas ?

Il est d'ailleurs dit dans le *Shi*, « Les Poèmes » :

Mais tous ils sont de mèche, leurs profits défendant.
Ah ! Que cela me cause de profonds tourments !
Si l'avis qu'on leur donne se révèle excellent,
Ils s'en écartent vite, tous uniformément.
Si le conseil donné se révèle affligeant,
Tous uniformément ils s'en montrent contents[2].

Cela exprime fort bien ce que j'ai voulu dire.

La mesure qui convient à la complète réalisation du bien consiste à gouverner ses souffles et à nourrir sa vie de façon à suivre l'exemple de Pengzu[3], à se perfectionner et à se faire un nom de façon à égaler Yao et Yu[4]. Il y a quelque avantage à vivre en une époque de succès, mais l'on tire aussi du profit à vivre en une période de difficultés, car les rites pratiqués y témoignent de la bonne foi de chacun[5]. En règle générale, lorsqu'on fait usage de ses énergies vitales[6], de sa volonté et de son ambition, de son intelligence et de sa réflexion, en procédant selon les rites, ce qu'on entreprend est toujours couronné de succès. Mais lorsqu'on ne procède pas selon les rites, les oppositions et les troubles surviennent, relâchant et déréglant [toute action entreprise]. *[14]* Lorsque ce qu'on mange, ce dont on se vêt, la façon dont on habite et dont on se meut et se repose procèdent selon les rites, tout est harmonieux et mesuré. Mais lorsqu'on ne procède pas selon les rites, on est confronté à des échecs et des malaises surviennent[7]. Lorsque la mine, l'attitude, la marche en avant et le retrait ou l'avancée rapide procèdent selon les rites, tout n'est que raffinement. Mais lorsqu'on ne procède pas selon les rites, on apparaît hautain et rigide, grossier et extravagant, vulgaire et médiocre, tout n'est que trivialité. Aussi les hommes qui manquent aux rites ne peuvent-ils vivre ; les entreprises qui manquent aux rites ne peuvent-elles réussir ; les nations qui manquent aux rites ne peuvent-elles connaître la tranquillité.

Il est d'ailleurs dit dans le *Shi* :

Les rites, l'étiquette sont tout à fait conformes,
Les rires, les propos sont enfin dans la norme[8].

Cela exprime fort bien ce que j'ai voulu dire.

Guider les hommes selon le bien, cela s'appelle instruire. Établir l'harmonie entre les hommes selon le bien, cela s'appelle avoir le sens de la concorde. Guider les hommes sans tenir compte du bien, cela s'appelle les tromper. Établir l'harmonie entre les hommes sans tenir compte du bien, cela s'appelle les flatter. Identifier le vrai au vrai et le faux au faux, cela s'appelle faire la preuve d'une sage intelligence. Identifier le vrai au faux et le faux au vrai, cela s'appelle manifester une belle sottise. On dit que c'est calomnier d'offenser un homme de qualité et faire œuvre de malfaiteur que de lui causer du tort. On dit que c'est s'exprimer avec justesse de qualifier de vrai ce qui est vrai et de faux ce qui est faux. On appelle « voler » le fait de dérober des marchandises,

« mystifier » le fait d'agir par dissimulation, « duper » le fait de revenir sur la parole donnée. Hésiter sans cesse entre attachements et rejets, c'est pure inconstance. Protéger ses propres intérêts en leur sacrifiant ses devoirs, c'est le summum de la malfaisance. Écouter beaucoup[9], c'est acquérir une vaste connaissance des choses ; écouter peu, c'est se contenter d'un savoir bien superficiel. Regarder beaucoup, c'est posséder une vue *exercée* des choses ; les regarder peu, c'est en avoir une vue fort médiocre. Accepter difficilement une charge, c'est être paresseux ; la négliger facilement, c'est être frivole. Qui agit peu, mais conformément au principe organisateur des choses, est très ordonné ; qui agit beaucoup, mais en générant du désordre, est très confus.

[15] De l'art de gouverner ses souffles et de nourrir son cœur.

Lorsque les énergies vitales sont trop fermes et rigides, on les assouplit en les régulant et les harmonisant[10]. Lorsque la pensée réflexive est trop pénétrante et profonde, on l'unifie en la simplifiant et la bonifiant[11]. Lorsqu'on montre une violente audace poussée jusqu'à la cruelle sauvagerie, on la corrige en la menant sur le droit chemin en l'adoucissant. Lorsqu'on se montre vif et alerte, agile et affûté, on se modère en action comme au repos. Lorsqu'on se montre étroit et mesquin, d'esprit petit et borné, on vise plus de grandeur et de largeur d'esprit. Lorsqu'on est vulgaire et fruste, lourd et lent, avide et profiteur, on élève ses vues en se fixant de hautes ambitions. Lorsqu'on se montre vulgaire et médiocre, incapable et nonchalant, on extirpe ses défauts en fréquentant des maîtres et d'excellents amis. Lorsqu'on se montre paresseux et négligent, frivole et oublieux, on éclaire sa conscience par la menace de malheurs et de calamités à venir. Lorsqu'on est stupide mais dévoué, droit et sincère, on tempère cette naïveté par *[16]* les rites et la musique en cherchant à comprendre par la réflexion et la recherche. En règle générale, dans l'art de gouverner ses souffles et de nourrir son cœur, rien n'est plus urgent que de procéder selon les rites, rien n'est plus important que de se trouver un maître et rien n'est plus perspicace que d'unifier ses inclinations. C'est là ce qu'on entend par « l'art de gouverner ses souffles et de nourrir son cœur ».

Perfectionner sa volonté et son ambition, c'est mépriser les richesses et les honneurs. Accorder de l'importance à la voie et au devoir, c'est en prêter fort peu aux rois et aux ducs. S'examiner intérieurement permet d'accorder moins d'importance aux choses extérieures.

Un adage rapporte d'ailleurs :

> L'homme de bien asservit les choses ;
> l'homme de peu est asservi aux choses.

Cela exprime fort bien ce que j'ai voulu dire.

Quelle qu'en soit la pénibilité corporelle, on se doit d'agir si cela apaise le cœur. Quelque maigres que soient les profits, on se doit d'agir si cela accroît la morale. Il vaut mieux servir un prince qui rencontre des difficultés et suivre la voie que de servir un prince rebelle et s'assurer des succès. C'est pourquoi, de même qu'un bon cultivateur ne s'abstient pas de labourer pour cause d'inondation ou de sécheresse, qu'un bon commerçant ne se dispense pas d'aller au marché pour cause de vente à perte, un gentilhomme et un homme de bien ne se montrent pas sans souci de la voie pour cause de pauvreté ou d'indigence.

Quand on a un maintien poli et respectueux, un cœur loyal et fidèle, qu'on observe les normes des rites et des devoirs, qu'on éprouve des sentiments d'amour envers autrui, alors, si l'on parcourt le monde sous le ciel d'est en ouest, on est estimé de tous, même lorsqu'on est à la peine parmi les quatre tribus des barbares Yi[12]. *[17]* On peut également parcourir le monde sous le ciel d'est en ouest et être employé par tous, même lorsqu'on est à la peine parmi les quatre tribus des barbares Yi, pour peu qu'on se batte pour être le premier à s'attaquer aux affaires pénibles et ardues, qu'on prenne soin de céder à d'autres les plus plaisantes, qu'on reste droit et sincère, authentique et fidèle, accroché à ses engagements et diligent. Quand on a, par contre, un maintien hautain et opiniâtre, qu'on fait preuve d'un esprit obstiné et fourbe, qu'on observe pour normes de sombres pratiques, que ses essences sont troubles et confuses, si l'on parcourt le monde sous le ciel d'est en ouest, on est méprisé de tous, même lorsqu'on a atteint les quatre régions[13]. On est également rejeté de tous si l'on parcourt le monde sous le ciel d'est en ouest, même lorsqu'on a atteint les quatre régions si, lorsque des affaires pénibles et ardues se présentent, on les aborde mollement, paresseusement, cherchant à les éviter et à les esquiver ou si l'on se montre flatteur, charmeur et sans souplesse, cherchant à n'être en charge que des entreprises les plus plaisantes, ou si l'on se montre grossier, extravagant et sans soin, cherchant à accomplir sans aucune rigueur les missions confiées.

Quand on marche, si l'on se montre respectueux et déférent, ce n'est pas pour éviter de maculer de boue [les pans de sa robe][14]. *[18]* Quand on marche, si l'on incline la nuque, ce n'est pas pour éviter de heurter quelque obstacle. Quand on croise le regard de quelqu'un, si l'on s'incline le premier, ce n'est ni par crainte ni par appréhension. Or donc, quand un gentilhomme désire, seul avec lui-même, se perfectionner, ce n'est pas pour n'être pas pris en faute par n'importe quel homme vulgaire.

Un coursier Qiji peut, en un seul jour, parcourir mille lis, mais un pauvre canasson peut aussi y arriver, pour peu qu'on l'attelle une dizaine de fois[15]. Veut-on s'épuiser dans la quête de l'inépuisable ou tenter d'atteindre les limites de l'illimité ? Même en s'y brisant les os et en s'y rompant les tendons, on n'y arrivera pas au terme de ses jours. Mais si l'on veut s'arrêter en un lieu déterminé — même éloigné d'un bon millier de lis —, certains s'y rendant lentement et d'autres plus promptement, d'aucuns arrivant avant et d'autres après, comment n'y parviendrait-on pas tous ? Quand on ne connaît pas la voie à emprunter, veut-on s'épuiser dans la quête de l'inépuisable ou tenter d'atteindre les limites de l'illimité ? Ou bien va-t-on limiter son dessein là où l'on peut s'arrêter en un lieu déterminé ? Ce n'est pas que l'examen des apories relatives à la solidité et à la blancheur, à la similitude et à la dissemblance ou à l'épaisseur et à la non-épaisseur, ne soit pas envisageable, c'est simplement que l'homme de bien ne les discute point, car il ne s'arrête qu'à [des questions bien définies][16]. Ce n'est pas qu'il soit difficile d'avoir une attitude extravagante ou étrange, c'est simplement que l'homme de bien ne se comporte pas ainsi, car il ne s'arrête qu'au [suprême bien]. *[19]* C'est pourquoi si j'étudie lentement, les autres s'arrêtent pour m'attendre. Je vais à mon allure, mais j'y arrive. Donc, là aussi, certains accèdent lentement et d'autres promptement, d'aucuns arrivant avant et d'autres après, pourquoi n'y parviendraient-ils pas les uns et les autres semblablement ? Si elles avancent pas à pas sans jamais s'arrêter, même des tortues d'eau douce boiteuses peuvent parcourir mille lis ! Si l'on amasse de la terre sans s'interrompre, on peut constituer un monticule et former une colline. Si l'on obstrue leur source et ouvre leur lit, on peut bien assécher les eaux du Jiang et du He, les fleuves Bleu et Jaune. L'un avance, l'autre recule, l'un tourne à gauche, l'autre à droite, c'est ainsi que six coursiers n'arrivent nulle part. Comment le talent et la capacité naturelle des hommes seraient-ils plus éloignés que ceux de tortues d'eau boiteuses et de six coursiers ? Si les tortues d'eau arrivent à bon port et que les six coursiers n'y arrivent pas, cela n'est dû à rien d'autre qu'à l'action efficace des unes et à l'inefficacité des autres.

Si l'on n'avance pas, on n'arrive nulle part, même si le chemin est court. Si l'on n'agit pas, on ne réalise rien, même si l'entreprise est tout à fait modeste. Si l'on est homme à se reposer durant de nombreux jours, on ne peut guère surpasser les autres.

Celui qui aime les normes et sait les appliquer est un gentilhomme. Celui qui fait preuve d'une ferme détermination et sait l'incorporer est un homme de bien. Celui qui possède une intelligence et une perspicacité inépuisables est un homme saint[17]. *[20]* Un homme dépourvu de normes agit inconsidérément. Un homme qui observe les normes, mais n'en comprend pas la signification, est profondément mal à l'aise. C'est en s'étant appuyé sur ces normes, puis en en ayant étendu le champ d'application à d'autres situations de même espèce qu'il peut se montrer à l'aise et chaleureux.

Les rites sont ce par quoi l'on se corrige. Les maîtres sont ceux par qui l'on corrige les rites. Sans rites, comment se corriger ? Sans maîtres, comment savoir si les rites sont appropriés ? Lorsque les rites sont tels et qu'on les pratique tels quels, les sentiments s'apaisent dans ces rites. Lorsque le maître s'exprime et qu'on s'exprime de même, notre savoir peut se comparer au sien. Quand nos sentiments s'apaisent dans les rites et que notre savoir se compare à celui du maître, nous sommes devenus des hommes saints ! Aussi, rejeter les rites, c'est être sans norme. Rejeter les maîtres, c'est être sans maître. Or, il est certain qu'être sans maître ni norme et se plaire à agir de son propre chef, c'est comme vouloir discerner les couleurs en étant aveugle ou les sons en étant sourd. Pour éliminer tout risque de trouble et de confusion, on ne doit pas agir ainsi. C'est pourquoi étudier, c'est étudier les rites et les normes. Être un maître, c'est faire de sa propre personne un juste modèle et faire priser le calme qui émane de soi.

Il est d'ailleurs dit dans le *Shi* :

Sans user du savoir ni de l'intelligence,
De l'Empereur suivez le modèle exemplaire[18].

Cela exprime fort bien ce que j'ai voulu dire.

Si vous êtes droit et sincère, déférent et respectueux de vos frères aînés, on peut dire que vous êtes un excellent jeune homme. Mais si, en plus, vous aimez l'étude et que vous êtes humble et consciencieux, sans nul autre pareil, il se peut que vous soyez un homme de bien. Si, par contre, vous êtes négligent et mou, pusillanime en vos entreprises, si vous n'avez aucune pudeur ni honte et faites preuve de goinfrerie au cours des banquets, on peut dire que vous êtes un bien piètre jeune homme. Mais si, en plus, vous êtes débauché et violent, non déférent, fourbe et malfaisant, non respectueux de vos frères aînés, on peut dire que cela présage une jeunesse funeste. Il est probable que vous aurez droit à la déchéance d'une condamnation à la peine capitale ! Si vous traitez les vieillards comme ils doivent l'être, les gens dans la force de l'âge se tourneront vers vous. *[21]* Si vous ne poussez pas jusqu'à la dernière extrémité ceux qui sont déjà aux abois, ceux qui ont l'esprit pénétrant se regrouperont autour de vous. Si vous agissez avec application en dispensant vos bienfaits sans en attendre de reconnaissance, les sages comme les incapables s'uniront autour de vous. Si vous êtes homme à pouvoir adopter ces trois démarches, comment le Ciel pourrait-il ne pas vous combler, même si vous commettez de graves erreurs[19] ?

L'homme de bien ne s'attarde pas à rechercher le profitable, mais s'occupe très tôt de mettre à distance le nuisible. Il craint de ne pas échapper au déshonneur, mais fait preuve d'audace dans la pratique des principes de la voie.

Dans l'indigence et la difficulté, l'homme de bien élargit le champ de son ambition. Dans la richesse et l'honneur, il garde un maintien respectueux. Dans le calme et le repos, il ne relâche pas ses énergies vitales. Dans l'épuisement et l'éreintement, il n'adopte pas une mine défaite. Sous l'empire de la colère, il ne commet pas l'erreur de prendre de force quelque chose. Emporté par la joie, il ne commet pas la faute d'octroyer un don indu à quelqu'un. Dans l'indigence et la difficulté, si l'homme de bien élargit le champ de son ambition, c'est qu'il révère le sens de l'humain. Dans la richesse et l'honneur, s'il garde un maintien respectueux, c'est qu'il ne fait pas grand cas du pouvoir. Dans le calme et le repos, s'il ne relâche pas ses énergies vitales, c'est qu'il fait le choix du principe organisateur des choses. Dans l'épuisement et l'éreintement, s'il n'adopte pas une mine défaite, c'est qu'il prise fort l'élégance. *[22]* Sous l'empire de la colère, s'il ne commet pas l'erreur de prendre de force quelque chose ou, emporté par la joie, s'il ne commet pas la faute d'octroyer un don indu à quelqu'un, c'est qu'il se fait une loi de privilégier tout ce qui dépasse ses partialités[20].

Il est d'ailleurs écrit dans le *Shu*, « Les Documents » :

N'agissez point selon tout ce que vous aimez,
Mais suivez bien plutôt la voie des anciens rois.

N'agissez point selon ce que vous détestez,
Mais suivez donc plutôt la route de nos rois[21].

Cela signifie que l'homme de bien doit pouvoir privilégier le sens du bien commun par rapport à ses propres désirs de partialité.

Honneur et déshonneur

[32] Arrogance et outrance font l'infortune des hommes. *[33]* Mais respect et ménagement éloignent les cinq armes[1]. Car, en dépit de leur pointe, la courte hallebarde et la lance ne sont pas aussi pénétrantes que le respect et le ménagement. C'est pourquoi il est plus avenant d'échanger avec quelqu'un de belles paroles que de lui donner un tissu de toile ou une belle soierie. De même, est-on plus meurtri par certains propos que par un coup de lance ou de pertuisane. Donc, s'il est impossible de parcourir un immense territoire, ce n'est généralement pas dû à l'intranquillité régnante, mais aux paroles entendues qui rendent périlleuse chaque foulée du parcours. Si, sur de larges

chemins, les gens se cèdent le pas, mais que, sur d'étroites voies, ils se bousculent dangereusement, ce n'est pas dû au fait qu'ils ne veulent pas être attentifs, mais parce qu'ils font en sorte de ne pas l'être.

Si l'on est d'humeur joyeuse et que la mort s'ensuive, c'est dû à la colère. Si l'on est attentif et minutieux et qu'on est mené à sa perte, c'est dû à la haine et à la jalousie. Si l'on se trouve réduit aux dernières extrémités en ayant été un grand érudit, c'est qu'on est victime de dénigrements. Si l'on est d'autant plus sali qu'on se lave, c'est qu'on est victime de ragots. Si l'on est d'autant plus maigre qu'on se nourrit, c'est dû à ceux avec qui l'on a des rapports. Si l'on ne parvient pas à convaincre alors qu'on a développé ses arguments, c'est dû à un mode d'expression hargneux[2]. Si l'on n'est point reconnu alors qu'on est droit, c'est dû à un esprit dominateur. *[34]* Si l'on n'est pas honoré alors qu'on se montre sévère, c'est dû à un comportement blessant. Si l'on n'est pas redouté alors qu'on est audacieux, cela est dû à une âme ambitieuse. Si l'on n'inspire point de respect alors qu'on est digne de confiance, c'est dû à un goût pour les actes partisans. C'est ce à quoi s'emploie un homme de peu, ce à quoi un homme de bien ne se commet point.

Le querelleur délaisse sa personne, délaisse ses proches et délaisse son prince. Même si, agissant dans un bref moment de colère, cela ruine son existence, il se comporte pourtant ainsi. Voilà ce qu'est « délaisser sa personne » ! Même si sa maisonnée est placée dans une situation périlleuse, ses proches parents n'échappent pas aux châtiments et à une condamnation à mort, il agit pourtant ainsi[3]. Voilà ce qu'est « délaisser ses proches » ! Même si, provoquant en haut la détestation de son prince, il viole les plus grands interdits définis par les lois pénales, il agit pourtant ainsi. Voilà ce qu'est « délaisser son prince » ! En bas, délaisser sa personne ; chez soi, délaisser ses proches ; en haut, délaisser son prince, voilà ce que les lois pénales ne sauraient autoriser. C'est aussi ce que les saints rois ne pouvaient tolérer. Une laie allaitant ses petits ira charger un tigre ; une chienne allaitant n'ira pas divaguer au loin. Car ni l'une ni l'autre ne délaissent leurs petits. Un homme, lui, en bas, peut délaisser sa personne ; chez lui, il peut délaisser ses proches ; en haut, il peut délaisser son prince. Dans ce cas, cet homme ne vaut même pas une chienne ou une laie !

En règle générale, les querelleurs considèrent qu'ils sont nécessairement dans le vrai et les autres absolument dans l'erreur, qu'eux-mêmes ont toujours raison et les autres toujours tort. Dès lors, eux sont des hommes de bien et les autres des hommes de peu ! Du fait que les hommes de bien sont pour ces hommes de peu autant d'agresseurs et de bandits, ils délaissent en bas leur propre personne, chez eux leur propre famille et en haut leur seigneur. N'est-ce pas là leur grossière erreur ?

De ces hommes-là, on dit qu'ils « utilisent une hallebarde courte de Hufu pour trancher une bouse de vache[4] ». Peut-on voir là quelque intelligence ? Il n'y a pas plus grande sottise. Peut-on voir là quelque profit ? Il n'y a pas plus grand dommage. Peut-on y voir quelque gloire ? Il n'y a pas plus grande honte. Peut-on y voir quelque sécurité ? Il n'y a pas plus grand péril. Alors pourquoi diantre ces hommes possèdent-ils *[35]* un esprit querelleur ? Les voudrai-je comparer à des fous égarés ou à de graves malades ? Cela ne se peut pas, car les saints rois les ont condamnés. Voudrai-je les comparer à des oiseaux, des rats, des volatiles et des quadrupèdes ? Cela non plus ne se peut pas, car leurs formes sont celles d'êtres humains ; ils aiment et détestent, pour beaucoup, les mêmes choses que d'autres hommes. Alors pourquoi diantre ces hommes disposent-ils d'un tel esprit querelleur ? C'est une chose que j'ai en profonde horreur[5].

Les chiennes et les laies possèdent un certain courage, les négociants et les voleurs en possèdent un autre type, les hommes de peu ont aussi un courage, les gentilshommes et les hommes de bien en ont un autre. Ceux qui se disputent les boissons et les mets, sans nulle pudeur ni honte[6], ignorant le vrai et le faux, n'échappant pas aux coups mortels, ne craignant guère les violences de la foule, mais uniquement intéressés par la perspective de boissons et de mets, ceux-là font preuve d'un vrai « courage de chiennes et de laies » ! Ceux qui entreprennent de faire du profit, se disputent les marchandises et les biens, sans rien refuser ni céder[7], audacieux et entreprenants jusqu'à la frénésie, voraces et avides jusqu'à la cruauté, uniquement intéressés par la considération de leurs profits, ceux-là font preuve d'un courage de négociants et de voleurs. Ceux qui, faisant peu de cas de la mort, vont jusqu'à se montrer cruels, [...] ceux-là font preuve d'un courage d'hommes de peu[8]. Ceux qui se maintiennent dans les devoirs, ne penchent jamais d'un seul côté de la balance, ne considèrent pas que leur profit, se donnent à tout le pays sans rien modifier de leur point de vue, font grand cas de la mort mais accordent une particulière attention à leurs devoirs sans jamais plier, ceux-là enfin font preuve d'un courage de gentilshommes et d'hommes de bien.

Les cyprins et les brèmes aiment à nager près de la surface tiède des eaux[9]. Mais dès qu'ils s'échouent sur un banc de sable, les voilà songeant à leurs eaux sans plus pouvoir les rejoindre. *[36]* Accrochés par l'hameçon du malheur, ils regrettent en vain leur défaut d'attention. Or, qui se connaît lui-même n'en veut pas à autrui[10]. Qui connaît son destin n'en veut pas au Ciel. En vouloir à autrui, c'est courir à sa perte. En vouloir au Ciel, c'est faire preuve d'un grave défaut de compréhension. Or, si les causes d'un échec sont en soi et qu'on les reporte sur autrui, n'est-ce pas là une véritable aberration ?

Des grandes différences entre honneur et déshonneur et des figures constantes de la sécurité et du péril, du profitable et du nuisible.

Qui privilégie le devoir au détriment du profit est dans l'honneur. Qui met en avant le profit au détriment du devoir est dans le déshonneur. L'honneur suscite de constants succès, le déshonneur de constants échecs. Qui remporte des succès dirige constamment les hommes. Qui subit des échecs est constamment dirigé par les autres. Telles sont les grandes différences entre honneur et déshonneur.

Celui qui s'en tient à son talent naturel et à son honnêteté foncière bénéficie constamment de la sécurité et du profit[11]. Celui qui s'en tient à la débauche et à la violence ne récolte constamment que péril et nuisance. Celui qui bénéficie de la sécurité et du profit éprouve constamment joie et aisance. Celui qui récolte péril et nuisance éprouve constamment mélancolie et angoisse. Qui éprouve joie et aisance jouit fréquemment d'une belle longévité. Qui récolte péril et nuisance pâtit fréquemment d'une précoce disparition. Telles sont les figures constantes de la sécurité et du péril, du profitable et du nuisible.

Comme *le Ciel a engendré un peuple innombrable*[12], chacun a moyen d'y recevoir [naturellement sa place propre]. Celui dont la volonté et l'ambition atteignent la plus grande perfection, dont la vertu et les actes atteignent la plus grande profondeur, dont l'intelligence et la pensée atteignent la plus grande clarté est un fils du Ciel qui reçoit le monde sous le ciel. *[37]* Celui qui sait promulguer correctement les lois et les décrets, mettre en œuvre des projets en leur temps, écouter et trancher selon l'intérêt commun, est compétent en haut pour suivre les ordres du fils du Ciel et en bas pour protéger les cent familles, est un seigneur qui peut recevoir une nation. Celui dont la volonté d'action vise à la perfection, dont l'inspection d'officiers vise le bon ordre, a compétence en haut pour suivre son souverain et en bas pour protéger ses fonctionnaires, est un gentilhomme ou un grand dignitaire qui peut recevoir des champs cultivés et des bourgs[13]. Celui qui observe les lois et les règles, les poids et les mesures, les châtiments et les peines, les cartes et les registres[14] — quand bien même il n'en saisit guère le sens —, préserve attentivement les dénombrements et les respecte soigneusement sans jamais s'autoriser à les restreindre ni à les accroître, les transmet de père en fils en vue d'assister les rois et les ducs et, les Trois Dynasties disparues[15], conserve leurs lois de gouvernement, est un officier ou l'un des cent fonctionnaires qui reçoit traitements et émoluments. Celui qui fait preuve de piété filiale et de respect envers ses frères aînés, d'application et de conscience, d'opiniâtreté et d'exigence, prend ses entreprises et ses tâches à cœur sans jamais oser se montrer paresseux ni nonchalant, est un homme du commun qui peut recevoir vêtements chauds et nourriture copieuse et jouit d'une longue existence et d'une vision durable, échappant aux châtiments et aux condamnations à mort. Celui qui adorne de belles parures ses propos vicieux et d'élégants motifs ses paroles perverses, se lance dans d'extravagantes entreprises, adopte une attitude fourbe et insincère, fomente de brusques tromperies, *[38]* incite à la débauche et à la violence, à l'arrogance et à la cruauté, ne fait que préserver son existence et fait preuve de versatilité dans un monde troublé, est un homme pervers qui ne peut subir que péril et déshonneur, mort et châtiment. Ses pensées manquent de profondeur, ses choix offensent la rigueur, sa détermination de ce à quoi il faut s'attacher ou de ce qu'il faut rejeter est défectueuse et désordonnée. C'est ce par quoi il se met en péril.

Or, par leur talent et leur capacité naturelle, leur intelligence et leur compétence, l'homme de bien et l'homme de peu sont un. En ce qu'ils aiment l'honneur et détestent le déshonneur, en ce qu'ils aiment ce qui leur profite et détestent ce qui leur nuit, l'homme de bien et l'homme de peu sont identiques. C'est assurément par la voie empruntée pour leur quête qu'ils diffèrent.

Pour ce qui est de l'homme de peu, il s'efforce de présenter ses vantardises, mais aspire à ce que les gens lui accordent leur confiance. Il s'efforce de présenter ses impostures, mais aspire à ce que les gens lui accordent leur affection. Il adopte des comportements bestiaux, mais aspire à ce que les gens le trouvent remarquable. Ses réflexions sont difficiles à comprendre, ses actions difficiles à assurer et ce dont il se saisit est difficile à mettre en place. Finalement, il est tout à fait certain de ne pas obtenir ce qu'il adore et parfaitement sûr de récolter ce qu'il déteste !

Ainsi, l'homme de bien génère la confiance. Il aspire à ce que les gens lui accordent leur confiance. Il génère aussi la loyauté. Il aspire également à ce que les gens lui accordent leur affection. C'est la perfection de la rectitude et la qualité du discernement. Il aspire encore à ce que les gens le trouvent remarquable. Ses pensées sont aisées à comprendre, ses actions aisées à assurer et ce dont il se saisit aisé à mettre en place. Finalement, il est tout à fait certain d'obtenir ce qu'il adore et parfaitement sûr de ne pas récolter ce qu'il déteste.

C'est pourquoi, s'il est en difficulté, il ne reste pas dans l'obscurité ; s'il rencontre des succès, il apparaît en pleine lumière. S'il meurt, son renom en est plus éclatant.

Quant à l'homme de peu, il se pousse toujours du col et se hisse sur la pointe des pieds[16], affirme présomptueusement : « Mon intelligence et ma pensée, mon talent et ma capacité naturelle sont évidemment comparables à ceux d'un sage ! » Il ignore que, s'il n'y a pas de différences entre eux, l'homme de bien s'applique à privilégier ce qui doit l'être, tandis que l'homme de peu s'applique à privilégier ce qui ne doit pas l'être.

[39] C'est pourquoi, lorsqu'on examine avec minutie l'intelligence et la compétence d'un homme de peu, on observe que cette intelligence est suffisante pour accomplir ce qu'un homme de bien accomplit. Ainsi, c'est comme un homme de Yue se sentant en sécurité à Yue ou un homme de Chu se sentant en sécurité à Chu ; un homme de bien se sent en sécurité là où règne le raffinement[17]. Cela n'est donc pas dû au fait que

son intelligence et sa compétence, son talent et sa capacité naturelle sont ce qu'ils sont. C'est dû au fait qu'il diffère par ce qu'il s'applique à privilégier et par les usages et coutumes qu'il suit[18].

Une conduite fondée sur l'humanité, le devoir et la vertu constitue une méthode procurant une constante sécurité. Il n'y a, même ainsi, point de certitude que cela permette toujours d'échapper aux périls. Une conduite fondée sur la souillure, la saleté, la violence et le vol constitue une méthode procurant un constant péril. Même ainsi, il n'y a point de certitude que cela ne permette pas de trouver parfois de la sécurité. C'est pourquoi l'homme de bien suit la voie de la constance, tandis que l'homme de peu suit celle de l'extravagance[19].

En règle générale, les hommes disposent d'une nature commune et identique : quand ils ont faim, ils veulent manger ; quand ils ont froid, ils veulent se réchauffer ; quand ils sont fatigués, ils veulent se reposer. Ils aiment ce qui leur profite et détestent ce qui leur nuit. Voilà ce dont les hommes disposent à leur naissance. Ils sont ainsi sans même avoir à l'attendre. C'est d'ailleurs en quoi Yu et Jie sont identiques[20]. L'œil distingue le blanc et le noir, le beau et le laid. L'oreille distingue, dans les sons, les notes graves et les aiguës. La bouche distingue l'aigre et le salé, le sucré et l'amer. Le nez distingue dans les parfums et les arômes le rance et le putride. Les os du corps et les stries de la peau distinguent le froid et le chaud, ce qui blesse ou démange. Voilà encore ce dont les hommes disposent toujours à leur naissance. Ils sont ainsi sans même avoir à l'attendre. C'est d'ailleurs en quoi Yu et Jie sont identiques. Qu'on devienne un Yao ou un Yu, un Jie ou un Zhi[21], un artisan ou un menuisier, un agriculteur ou un commerçant ne tient qu'à l'accumulation de ce qu'on s'est évertué à privilégier, aux usages et coutumes [...[22]]. *[40]* Quand on devient un Yao ou un Yu, on jouit constamment de la sécurité et de l'honneur ; mais quand on devient un Jie ou un Zhi, on est constamment confronté au péril et au déshonneur. Quand on devient un Yao ou un Yu, on éprouve constamment des joies et des plaisirs. Quand on devient un artisan ou un menuisier, un agriculteur ou un commerçant, on est constamment épuisé par les ennuis et la fatigue. Quoi qu'il en soit, beaucoup d'hommes deviennent ceux-ci et fort peu deviennent ceux-là[23]. Pourquoi ? Je dirais que c'est en raison de leur ignorance. Pour ce qui est de Yao et de Yu, ce qu'ils ont pu accomplir n'est pas dû à leur naissance, mais s'est construit à partir des changements de ce qu'ils furent initialement. Cela n'a pu advenir que grâce à leur propre perfectionnement. Ils ont attendu le terme de ces actions de perfectionnement pour s'estimer enfin prêts.

À sa naissance, un homme est forcément un homme de peu. Sans maîtres et sans normes, il n'a pour perspective que son seul profit[24]. Et comme un homme n'est forcément, à sa naissance, qu'un homme de peu, dès lors qu'il est confronté à un siècle troublé, il en adopte les mœurs troublées. De ce fait, si l'on y prise la petitesse, il l'apprécie ; si l'on y prise le trouble, il l'accepte. Si un homme de bien n'obtient pas de poste de responsabilité pour rétablir le bon ordre, il n'a guère le moyen d'ouvrir l'esprit des gens à l'acceptation d'excellents principes. Comment la bouche et le ventre d'un homme pourraient-ils connaître les rites et les devoirs, la politesse et la civilité, la pudeur et la honte ou le dissentiment et le désaccord ? L'une ne peut que mâcher en mastiquant et l'autre se rassasier goulûment, un point c'est tout ! Un homme qui n'aurait ni maîtres ni normes aurait un cœur se comportant exactement comme sa bouche et son ventre ! À présent, si l'on s'arrange pour qu'un homme ne puisse jamais voir, depuis sa naissance, de bœuf ni de porc, de riz ni de sétaire, mais seulement des fèves et des chénopodes, de la drêche et du son, au point de s'en satisfaire[25] et si, soudain, on lui présente un repas somptueux comprenant justement du bœuf, du porc, du riz et de la sétaire, notre homme ouvrira des yeux ronds et s'écriera effaré : « Mais qu'est-ce que c'est que ces mets étranges ? » *[41]* Or, s'il vient à les humer, ces mets n'offenseront pas sa narine ; s'il les goûte, ils sembleront succulents à son palais ; s'il les mange, il en satisfera tout son corps. Personne, en effet, ne rejette ces saveurs pour conserver les autres ! Or donc, n'est-ce pas grâce à la voie des anciens rois et aux principes d'humanité et de devoir que nous vivons ensemble, prenons soin les uns des autres, nous nourrissons les uns les autres, nous défendons et nous parons les uns les autres, nous sécurisons et nous renforçons les uns les autres ? De la voie de Jie et de Zhi, n'est-elle pas en tous points distincte[26] ? Comme se distinguent le bœuf et le porc, le riz et la sétaire, de la drêche et du son. Quoi qu'il en soit, beaucoup d'hommes deviennent ceux-ci et fort peu deviennent ceux-là. Pourquoi ? Je dirais que c'est dû à leur ignorance. L'ignorance est un malheur universel qui frappe partout sous le ciel[27]. C'est, pour les hommes, la plus grande infortune et le plus grand dommage. Et c'est la raison pour laquelle on dit : « Il fait preuve d'humanité celui qui se plaît à informer et à aviser autrui. » Car, pour peu qu'il ait été informé et avisé, rendu obéissant et réfléchi, conformiste et soigneux[28], l'obtus devient soudain pénétrant, l'ignorant soudain savant, le sot soudain intelligent. Si cela ne fonctionnait pas de la sorte, quel gain y aurait-il eu à ce que Tang et Wu eussent occupé le pouvoir et quelle perte à ce que Jie et Zhòu eussent été sur le trône[29] ? *[42]* Du temps de Tang et de Wu, le monde entier les suivit et fut dans un ordre parfait. Mais du temps de Jie et de Zhòu, tout le monde sous le ciel les suivit et fut dans un complet désordre. S'il en fut ainsi, n'est-ce pas justement parce que les dispositions d'un homme peuvent, aussi bien, être comme celles-ci ou comme celles-là ?

Les dispositions foncières des hommes les poussent, quand ils veulent manger, à désirer consommer du bœuf et du porc, quand ils veulent s'habiller à désirer porter d'élégants brocarts, quand ils veulent se déplacer à désirer disposer d'un char et de ses coursiers. En outre, ils désirent se constituer des réserves de biens et des provisions de richesses. Mais, année après année et durant toute leur vie, ils ne savent pas se contenter de ce qu'ils ont. Telles sont cependant les dispositions foncières des hommes.

Or, à présent, au cours de sa vie, quoiqu'un homme sache correctement élever des poulets et des chiens, des gorets et des truies ou engraisser des bœufs et des moutons, quand il s'agit de manger, il n'ose consommer ni alcool ni viande[30]. Quoique disposant de réserves d'espèces dans son grenier ou sa cave[31], quand il s'agit de se vêtir, il n'ose utiliser de tissus de soie. Quoique ses économies s'entassent dans des coffres et des malles, quand il s'agit de se déplacer, il n'ose posséder un char et des coursiers. Pourquoi agit-il donc ainsi ? Non point parce qu'il ne désire pas tout cela, mais parce qu'il voit plus loin en songeant aux conséquences, craignant de ne pouvoir continuer à jouir de ce train de vie. Dès lors, il modère ses dépenses et maîtrise ses désirs, récoltant et amassant, accumulant et thésaurisant, pour pouvoir continuer à en jouir. N'est-ce pas une excellente option que de voir plus loin que le bout de son nez et de songer aux conséquences à venir pour soi-même ? Or, à présent, qui ne fait que préserver son existence et appartient à la catégorie des gens à l'intelligence médiocre n'en a même pas conscience. Quand il mange ses grains, il le fait avec excès, sans songer aux conséquences et se retrouve soudain sans ressources, puis réduit aux dernières extrémités. De sorte qu'il n'est épargné ni par le froid ni par la faim et meurt, tenant une écuelle de calebasse, gisant, épuisé, dans un fossé ou une rigole[32].

[43] Que dire de la voie des anciens rois, des principes d'humanité et de devoir, ainsi que des différenciations opérées par le *Shi*, « Les Poèmes », le *Shu*, « Les Documents », le *Li*, « Les Rites », et le *Yue*, « La Musique »[33] ? Ces textes contiennent

assurément les plus grandes pensées du monde sous le ciel. Pour tous ceux appartenant au peuple vivant sous le ciel[34], elles incitent à voir plus loin et à songer aux conséquences, préservant les dix mille générations à venir. Elles se répandront longtemps, leurs bienfaits seront considérables, leurs abondants mérites s'étendront très loin. Mais nul ne peut les comprendre s'il n'est un homme de bien qui agit en se perfectionnant avec minutie. C'est pourquoi l'on dit :

> On ne puise pas profond à la source d'un puits avec une corde trop courte ; on ne saisit pas les paroles d'un homme saint avec une intelligence trop médiocre.

Or, les différenciations opérées par le *Shi*, le *Shu*, le *Li* et le *Yue* ne sont assurément pas accessibles à l'intelligence des hommes médiocres. C'est pourquoi l'on affirme : qui les a considérés une fois peut les reprendre ensuite, qui les a possédés une fois peut en faire longtemps usage, qui les a envisagés dans leur vastité peut réussir ses entreprises, qui les a mûrement pensés y peut trouver la sécurité. Plus on se tourne vers eux, plus on s'y conforme, plus on les observe et plus on les peut apprécier. Ils sont utiles pour gouverner ses dispositions propres. Ils apportent la gloire pour se faire un renom. Ils génèrent l'harmonie dans les relations sociales. Ils permettent de se suffire à soi-même lorsqu'on est seul. N'apportent-ils pas la joie dans les pensées ?

[44] Les dispositions des hommes recèlent toutes les mêmes désirs : être aussi honoré que le fils du Ciel et aussi riche que le possesseur du monde. Mais si l'on venait à satisfaire ces désirs humains, nulle maîtrise ne serait plus envisageable et les biens ne seraient plus en quantité suffisante pour tous les êtres. C'est pourquoi les anciens rois ont agi avec sûreté en instituant rites et devoirs pour marquer les différenciations sociales. Ils ont fait en sorte qu'il existât des

degrés entre nobles et roturiers, des inégalités entre jeunes et aînés et des différenciations entre savants et sots, entre compétents et incompétents. Ils ont tous fait en sorte que les hommes assument leurs entreprises et que chacun en obtienne ce qui lui convenait. Par la suite, ils ont fait en sorte qu'on soit respectueux du montant des émoluments et des rémunérations et de l'appréciation de leur importance[35]. Car telle est la voie qui permet de cohabiter en société, harmonieux et unis. Aussi, quand un homme plein d'humanité est au pouvoir, les cultivateurs mettent toutes leurs forces à exploiter complètement les ressources de leurs champs ; les commerçants contrôlent attentivement toutes leurs marchandises ; les cent artisans déploient toute leur habileté pour fabriquer des ustensiles et des récipients ; les gentilshommes et les grands dignitaires jusqu'aux ducs et aux marquis[36] accomplissent tous leur office et leurs tâches avec humanité, générosité, intelligence et compétence. C'est ce qu'on appelle le *parfait équilibre*. Ainsi, lorsqu'on perçoit comme « rémunération » le monde entier sous le ciel, on n'estime pas que ce soit excessif ; de même, qu'on assume la fonction de gardien de maison, réceptionnaire de voyageurs, ostiaire de ville ou sonneur de veilles, on n'estime pas que ce soit insuffisant[37].

C'est la raison pour laquelle on dit :

> Inégaux mais équivalents ; courbés mais dociles ; dissemblables mais unis.

C'est ce qu'on appelle les relations humaines[38].

Il est d'ailleurs dit dans le *Shi* :

Jades petits [45] et grands il reçut en présent ;
Il fut, par d'humbles États, réputé grand et digne[39].

Cela exprime fort bien ce que j'ai voulu dire.

Traité sur le Ciel

[205] La marche du Ciel est constante : on ne peut faire que Yao la maintienne, ni que Jie l'abolisse[1]. Si l'on répond à cette marche par l'ordre, c'est faste. Si l'on y répond par le désordre, c'est néfaste. Si l'on renforce les activités de base et préserve les ressources[2], le Ciel ne peut en aucun cas appauvrir les hommes. Si la nourriture dispensée est complète et les activités organisées selon le rythme des saisons, le Ciel ne peut en aucun cas les rendre malades. S'ils pratiquent la Voie et ne font pas preuve de duplicité, le Ciel ne peut leur infliger aucun malheur. C'est pourquoi ni les inondations ni les sécheresses ne peuvent leur faire endurer la faim ni la soif ; ni les froidures ni les canicules ne peuvent les faire

souffrir de maladies ; ni les maléfices ni les étrangetés ne peuvent leur imposer d'événements funestes[3]. Mais si l'on délaisse les activités de base et dilapide les ressources, le Ciel ne peut plus rien pour les enrichir. Si la nourriture dispensée est chiche et les activités organisées contraires [au rythme des saisons], le Ciel ne peut guère les garder en bonne santé. S'ils tournent le dos à la Voie et agissent de façon inconsidérée, le Ciel ne peut plus leur procurer aucun événement faste. C'est pourquoi les gens sont oppressés par la faim, quand même il n'y aurait ni inondation ni sécheresse. Ils souffrent de maladies, quand même ils ne seraient écrasés ni par la froidure ni par la canicule. Ils subissent des événements funestes, quand même aucun maléfice ni aucune étrangeté ne se seraient manifestés. Si les saisons sont semblables à celles d'un siècle de bon gouvernement mais que les fléaux et les malheurs diffèrent de ceux d'un siècle de bon gouvernement, on ne peut en vouloir au Ciel[4], car c'est tout simplement dû à la voie suivie [par les hommes au pouvoir].

C'est pourquoi celui qui comprend clairement ce qui ressortit au Ciel et ce qui ressortit aux hommes peut être qualifié d'homme parfait.

« Accomplir sans agir et trouver sans chercher », *[206]* on peut dire que c'est un mode de fonctionnement « céleste ». Dès lors qu'il agirait ainsi, un homme parfait n'appliquerait pas sa réflexion à quoi que ce soit, même si cela lui semblait particulièrement profond. Même si quelque chose lui semblait particulièrement grandiose, il n'y appliquerait pas sa compétence. Même si quelque chose lui semblait particulièrement subtil, il n'y appliquerait pas son attention. On peut dire qu'il ne cherche pas à disputer au Ciel son mode de fonctionnement. Car le Ciel possède ses saisons ; la Terre possède ses ressources ; l'Homme possède ses gouvernements. De sorte qu'on peut dire qu'ils peuvent former un trio[5]. Mais dès lors qu'un homme quitte ce par quoi il forme ce trio, tout en aspirant à en faire partie, il se fourvoie totalement.

Les astres rangés par le Ciel se suivent selon leur mode de déploiement. Le soleil et la lune luisent alternativement [le jour et la nuit]. Les quatre saisons succèdent les unes aux autres. Le *yin* et le *yang* procèdent à leurs grandes métamorphoses. Les vents et les pluies se déploient en tous lieux. Pour naître, les dix mille êtres trouvent ce qui les met en harmonie avec ces éléments. Pour croître, ils trouvent ce qui les nourrit. Si l'on ne perçoit pas ces phénomènes, on en perçoit toutefois les œuvres. C'est ce qu'on peut qualifier de « spirituel »[6]. Tous savent par quoi ils croissent, mais personne ne sait que cela est le fait du sans-forme qu'on peut qualifier de « céleste »[7]. Seul l'homme saint fait donc en sorte de ne pas chercher à connaître le Ciel.

Quand le fonctionnement céleste s'est mis en place et que son œuvre s'est réalisée, la forme du corps est achevée et l'esprit est engendré[8]. L'amour et la haine, le contentement et la colère, le chagrin et la joie y sont, en quelque sorte, « entreposés » ; c'est ce qu'on appelle « les sentiments conférés par le Ciel ». Les oreilles et les yeux, le nez et la bouche, le corps lui-même ont chacun leur *compétence* pour contacter les choses, mais ces compétences ne sont nullement interchangeables ; c'est ce qu'on appelle « les fonctions conférées par le Ciel ». Le cœur se situe dans la cavité centrale d'où il régit les cinq organes ; c'est lui qu'on appelle « le prince conféré par le Ciel »[9].

Pour ce qui concerne [les êtres utilisés pour procurer l'alimentation et la boisson], on ne fait pas usage de ce qui ressortit à son espèce pour nourrir une espèce[10] ; c'est ce qu'on appelle « une nourriture conférée par le Ciel ». On dit que celui qui se conforme à sa catégorie est heureux et que celui qui s'y oppose est malheureux ; c'est ce qu'on appelle « une politique promulguée par le Ciel ». *[207]* Ignorer ce « prince conféré par le Ciel », jeter le trouble parmi ces « fonctions conférées par le Ciel », délaisser cette « nourriture conférée par le Ciel », s'opposer à cette « politique promulguée par le Ciel », tourner le dos aux « sentiments conférés par le Ciel » en vue de ruiner les œuvres du Ciel, on peut dire que c'est commettre un crime particulièrement funeste. L'homme saint, lui, met en lumière *le prince conféré par le Ciel*, corrige *les fonctions conférées par le Ciel*, prépare *la nourriture conférée par le Ciel*, observe *la politique promulguée par le Ciel*, nourrit *les sentiments conférés par le Ciel* en vue de préserver *les œuvres du Ciel*. Quand il a procédé ainsi, il sait ce qu'il a à faire et ce qu'il n'a point à faire. Dès lors, le Ciel et la Terre assument leurs fonctions [tout à son service] et les dix mille êtres deviennent ses servants. Ses actes sont ainsi soigneusement gouvernés, son alimentation soigneusement adaptée, du coup, sa vie ne souffre d'aucune atteinte ; on peut dire que c'est cela « connaître le Ciel[11] ».

C'est pourquoi la grande habileté réside dans le non-agir, comme la grande intelligence dans la non-réflexion[12]. Ce qu'on doit noter du Ciel se limite à l'observation des figures pouvant être considérées comme récurrentes. Ce qu'on doit noter de la Terre se limite à l'observation de ce qui convient aux sols pouvant être considérés comme fertiles. Ce qu'on doit noter des quatre saisons se limite à l'observation des nombres du calendrier qui peuvent être considérés comme des répartiteurs de l'activité humaine. Ce qu'on doit noter du *yin* et du *yang* se limite à l'observation de l'harmonie qui peut être considérée comme source de bon ordre du monde. Les hommes en fonction observent le Ciel, celui qui agit de lui-même observe la Voie[13].

L'ordre et le désordre tiennent-ils au Ciel ? Je dirais que le soleil et la lune, les astres et les repères sidéraux, qui servent à modeler le calendrier, sont les mêmes que ceux qui existaient sous Yu et Jie[14]. Or, Yu instaura l'ordre et Jie généra le désordre. L'ordre et le désordre ne tiennent donc pas au Ciel. Tiennent-ils aux saisons ? Je dirais que les nombreuses germinations et la luxuriante croissance des plantes se font au printemps et en été. *[208]* Leur récolte et ramassage, leur conservation et engrangement se font à l'automne et en hiver. Ce sont les mêmes que ceux qui existaient sous Yu et Jie. Or, Yu instaura l'ordre et Jie généra le désordre. L'ordre et le désordre ne tiennent donc pas aux saisons. Tiennent-ils à la Terre ? Je dirais qu'obtenir de la terre permet de vivre et que la perdre entraîne la mort. Mais il en était déjà de même sous Yu et Jie. Or, Yu instaura l'ordre et Jie généra le désordre. L'ordre et le désordre ne tiennent donc pas à la Terre.

Il est d'ailleurs dit dans le *Shi*, « Les Poèmes » :

Ce haut mont le Ciel a fondé
Et le Grand Roi l'a défriché.
Il a fondé [cette ville-là],
Le roi Wen la fit prospérer[15].

Cela exprime fort bien ce que j'ai voulu dire.

Ce n'est pas parce que les hommes détestent le froid que le Ciel va tempérer l'hiver. Ce n'est pas parce que les hommes détestent les longues distances que la Terre va réduire son immensité. Ce n'est pas parce que l'homme de peu fait du tumulte que l'homme de bien va tempérer sa pratique. Le Ciel possède une voie constante. La Terre possède une mesure constante. L'homme de bien possède une figure constante. L'homme de bien suit la voie de cette constance, tandis que l'homme de peu calcule en fonction des succès [qu'il espère obtenir].

Il est d'ailleurs dit dans le *Shi* :

Pourquoi me soucier des propos de ces gens ?

Cela exprime fort bien ce que j'ai voulu dire.

Le fait que le roi de Chu se soit fait suivre par un millier de chars n'est pas une marque d'intelligence[16]. Le fait qu'un homme de bien se soit sustenté de fèves et abreuvé d'eau[17] n'est pas une marque de stupidité. C'est le simple fait de la conjoncture. Si ma volonté et mes idées sont cultivées, ma vertu et ma pratique généreuses, mon intelligence et ma réflexion éclairées ; bien que vivant aujourd'hui, je m'applique à suivre les Anciens, car cela ne dépend que de moi. C'est pourquoi l'homme de bien respecte tout ce qui dépend de lui et ne gémit pas après ce qui dépend du Ciel. L'homme de peu néglige ce qui dépend de lui et gémit après ce qui dépend du Ciel. Dès lors que l'homme *[209]* de bien respecte tout ce qui dépend de lui et ne gémit pas après ce qui dépend du Ciel, il progresse chaque jour. Dès lors que l'homme de peu néglige ce qui dépend de lui et gémit après ce qui dépend du Ciel, il régresse chaque jour. C'est pourquoi ce qui fait que l'homme de bien progresse chaque jour et que l'homme de peu régresse chaque jour est dû à cette seule et unique raison. C'est précisément là que réside la différence entre l'homme de bien et l'homme de peu.

Lorsque les astres chutent ou que les arbres chantent, tous les gens du pays sont apeurés[18]. Ils demandent pourquoi cela arrive. Je répondrais : « Et pourquoi pas ? » Car les changements du ciel et de la terre, les métamorphoses du *yin* et du *yang* sont des phénomènes qui surviennent fort rarement ; on peut les trouver étranges, mais pas les redouter. Il y a toujours eu des périodes au cours desquelles il arrivait fréquemment que le soleil et la lune soient éclipsés, que le vent et la pluie surviennent de manière intempestive et qu'un astre étrange apparaisse à l'improviste. Si le souverain est éclairé et son gouvernement équilibré, il n'y a aucun dommage à redouter, même si ces phénomènes se reproduisent au cours d'une seule et même période. Si, en revanche, le souverain est débile et le gouvernement défaillant, on n'en retire aucun avantage, même si tous ces phénomènes ne sont pas survenus une seule fois. Ainsi, la chute des astres ou le chant des arbres qui tiennent à des changements du ciel et de la terre et aux métamorphoses du *yin* et du *yang* sont des phénomènes qui surviennent fort rarement ; on peut les trouver étranges, mais pas les redouter. Parmi les phénomènes qui se sont déjà manifestés, ceux qui sont vraiment à redouter sont les maléfices dus aux humains. Ainsi, quand les labours sont mal conduits, les semences saccagées, que les sarclages et les binages font perdre les récoltes, c'est que le gouvernement est défaillant et a perdu la confiance du peuple. Quand les champs sont envahis par les mauvaises herbes, que les semences sont gâchées, les prix des grains s'envolent et le peuple est affamé. Le long des routes et des chemins gisent des cadavres. C'est ce qu'on peut appeler des maléfices dus aux humains. Quand les ordonnances gouvernementales ne sont pas *[210]* clairement comprises, les dispositions ne sont pas prises à temps, les entreprises essentielles ne sont pas assurées [dans le secteur agricole], c'est ce qu'on peut appeler des maléfices dus aux humains. Quand les rites et les devoirs ne sont pas respectés à la perfection, que les questions intérieures et extérieures ne sont pas nettement distinguées, que les hommes et les femmes se livrent à des activités licencieuses et désordonnées, alors les pères et les fils se méfient les uns des autres, les gouvernants et les gouvernés s'opposent les uns aux autres et prennent des distances les uns par rapport aux autres. Quand surgissent simultanément de graves problèmes dus au brigandage, c'est aussi ce qu'on peut appeler des maléfices dus aux humains. De fait, ces maléfices sont générés par le désordre. Et lorsque leurs trois facettes se manifestent, il n'y a plus aucune paix possible dans le pays. L'explication en dégage des causes tout à fait superficielles, mais des malheurs tout à fait douloureux. Quand les travaux forcés sont imposés de manière intempestive, les bovins et les chevaux se fécondent les uns les autres et les six animaux domestiques génèrent des maléfices[19]. On peut trouver cela étrange, mais pas le redouter.

[211] Un adage rapporte d'ailleurs :

> Les phénomènes étranges parmi les dix mille êtres sont consignés, mais non expliqués.

Les argumentations inutiles tout comme les investigations superflues sont à délaisser et n'ont pas à être conduites. Mais pour ce qui est des devoirs entre prince et sujets, de l'affection entre père et fils, de la distinction entre mari et femme, ces questions doivent être chaque jour « tranchées et polies », sans jamais être négligées.

Pourquoi pleut-il après qu'on a invoqué la pluie ? Je répondrais : « Et pourquoi pas ? » Comme il peut arriver qu'il pleuve sans qu'on ait invoqué la pluie[20] ! Lorsque le soleil et la lune sont éclipsés, on se porte à leur secours[21]. Lorsque le Ciel déclenche une sécheresse, on invoque la pluie. Lorsqu'on a tiré les sorts pour la divination par la tortue et l'achillée[22], on peut ensuite décider d'engager de grandes entreprises. Mais ce n'est pas tant pour obtenir ce qu'on espère qu'on fait cela que pour les parures et le décorum [qui accompagnent ces rites]. C'est pourquoi l'homme de bien considère que c'est pour les parures, tandis que les cent familles considèrent que c'est pour les esprits. Considérer qu'on agit pour les parures, c'est faste, mais considérer qu'on agit pour les esprits, c'est funeste.

De tout ce qui existe dans le ciel, rien n'est plus lumineux que le soleil et la lune. De tout ce qui existe sur la terre, rien n'est plus lumineux que l'eau et le feu. De tout ce qui existe parmi les êtres, rien n'est plus lumineux que les perles et les jades. De ce qui existe chez les hommes, rien n'est plus lumineux que les rites et les devoirs. C'est pourquoi si le soleil et la lune n'étaient pas si haut placés, leur luminescence ne brillerait pas d'un si vif éclat. Si l'eau et le feu ne s'accumulaient pas autant, leur éclat et leur onctuosité ne se diffuseraient pas aussi loin. Si les perles et les jades n'avaient pas un scintillement si irradiant, les rois et les ducs ne les considéreraient pas comme si précieux. Si les rites et les devoirs n'étaient pas si bien appliqués dans un pays, les mérites et la gloire ne seraient pas aussi reconnus. C'est pourquoi, si le destin des hommes réside dans le Ciel, le destin des États réside dans les rites. Quant au prince des hommes, s'il honore les rites et vénère les sages, il devient roi. S'il accorde de l'importance aux lois et aime son peuple, il devient hégémon. S'il prise le profit et recourt souvent à la tromperie, il se met en péril. S'il se plaît à intriguer et comploter, à bousculer et renverser, à agir sournoisement et secrètement, il disparaît totalement.

Faut-il vanter le Ciel et bien le supplier,
Rassembler ses êtres pour mieux les réguler ?
Faut-il suivre le Ciel et puis le louanger,
Ou gérer son dessein afin d'en mieux user ?
[212] Faut-il espérer les saisons et patienter,
Ou mieux leur répondre pour les utiliser ?
Faut-il laisser les êtres se multiplier,
Ou déployer leurs dons pour mieux les transformer ?
Faut-il songer aux êtres pour les considérer,
Ou disposer ces êtres pour ne les point ruiner ?
Faut-il désirer ce qui les a générés,
Ou bien posséder ce qui les a achevés[23] *?*

C'est pourquoi, si l'on néglige les hommes poux ne penser qu'au Ciel, on ne fait que perdre ce qui fait les dispositions propres aux dix mille êtres.

Pour ne pas changer ce qui a été pratiqué sous le règne des cent rois, il suffit de se maintenir constamment lié à leur voie[24]. Aux aléas des événements qui vont et viennent, on répond par cette liaison constante à leur voie. Lorsqu'on applique cette liaison constante conformément au principe organisateur des choses, il n'y a plus aucun désordre. Mais lorsqu'on ne sait pas tenir cette liaison constante, on ne sait pas répondre aux changements survenus. Car l'élément fondamental de cette constante liaison ne doit jamais disparaître. Le désordre naît de son ignorance, l'ordre de l'application intégrale de ses moindres détails. Si ce en quoi leur voie excelle est visé, cela convient ; mais si l'on en dévie, on ne peut pas agir ; si l'on s'en écarte, on commet une grave confusion.

Ceux qui passent une rivière en marquent les zones profondes, mais si ces marques ne sont pas claires, les gens peuvent s'y noyer. Ceux qui gouvernent le peuple marquent la voie, mais si ces marques ne sont pas claires, le désordre s'installe. Ce sont les rites qui sont ces *marqueurs*. Nier les rites, c'est enténébrer son siècle et déboucher sur un formidable désordre. Dès lors, si rien de cette voie n'est laissé dans l'obscurité, si l'extérieur et l'intérieur sont différemment marqués, si le caché et l'apparent suivent des règles constantes, les motifs de « noyade » du peuple sont par là même écartés.

[213] Les dix mille êtres ne constituent qu'une partie de la Voie. Un être ne constitue qu'une partie des dix mille êtres. Et un imbécile ne constitue qu'une partie d'un être, quoiqu'il considère qu'il connaît de lui-même la Voie lorsqu'il ne la connaît même pas ! Shèn zi ne voyait que par l'arrière, pas par l'avant[25]. Lao zi ne voyait que par le fléchissement, pas par le déploiement. Mo zi ne voyait que par l'équivalence, pas par

l'inégalité[26]. Song zi ne voyait que par la sobriété, pas par l'abondance[27]. Ainsi donc, les foules ne se tiennent pas à la porte de ceux qui ne parlent que d'*arrière* et jamais d'*avant*. S'il n'y a que du *fléchissement* et jamais du *déploiement*, nobles et manants ne sont pas différenciés. S'il n'y a que de l'*équivalence* et jamais d'*inégalité*, les ordonnances gouvernementales ne sont pas propagées. S'il n'y a que de la *sobriété* et jamais d'*abondance*, les foules ne veulent pas se transformer.

Il est d'ailleurs dit dans le *Shu*, « Les Documents » :

N'agissez point selon tout ce que vous aimez,
Mais suivez bien plutôt la voie des anciens rois.
N'agissez point selon ce que vous détestez,
Mais suivez donc plutôt la route de nos rois[28].

Cela exprime fort bien ce que j'ai voulu dire.

Notes

LE PERFECTIONNEMENT DE SOI

1. Qui ne cherche pas la sagesse par l'étude est une bête.

2. Citation du *Shijing,* « Le Classique des Poèmes », XII-2, 448 C — 449 A, poème nº 195.

3. *Gouverner ses souffles [...] nourrir sa vie* : techniques de prolongation de la vie. *Pengzu* : patriarche qui vécut des centaines d'années.

4. *Yao et Yu* : deux des cinq sages empereurs mythiques, ayant régné de ~2357 à ~2258, et de ~2207 à ~2197. Voir, par exemple, IV, 39-40.

5. *Période de difficultés* : le sens diffère selon les gloses. — *La bonne foi* ou la crédibilité des hommes.

6. *Énergies vitales,* littéralement « souffles sanguins ». Voir ici à 15, 21...

7. *Échecs [...] malaises* : expressions ambiguës

qui s'entendent au sens propre (*chutes* d'un individu) ou figuré (*échecs* d'un comportement).

8. Citation du *Shijing*, XIII-2, 468 C, poème n° 209 (traduction p. 278). *SSJZS Shisan jing zhushu* (« Commentaires sur les Treize Classiques »), Beijing, Zhonghua shuju, 1980.

9. *Écouter beaucoup* : apprendre à l'écoute des autres.

10. *Énergies vitales* : littéralement, « souffles sanguins ». — *Régulant [...] harmonisant* : terminologie médicale *et* musicale.

11. *Unifie* : conception taoïsante selon laquelle les distinctions opérées par l'intelligence conceptuelle divisent l'unité des êtres. — *Bonifiant* : var. « franche, sincère ».

12. *Yi* : terme générique des barbares ; renvoie ici aux ethnies des quatre orients.

13. *Quatre régions* : elles limitent la terre au bout du monde.

14. *[Les pans de sa robe]* : les gloses diffèrent.

15. *Qiji* : remarquable coursier.

16. *Solidité [...] blancheur* : paradoxe imaginé par le sophiste Gongsun Long (florissant entre ~285 et ~250), pour qui un objet ne peut être perçu par plusieurs de ses propriétés sans unité.

17. *Gentilhomme [...] homme de bien [...] homme saint* : hiérarchie de la sagesse.

18. Citation du *Shijing*, XVI-4, 522 A, poème n° 241 (*op. cit.*, trad. p. 339).

19. Autre lecture possible : « Le Ciel ne lui éviterait-il pas la chute, même s'il était victime d'un présage funeste ? »

20. Il prend exemple sur le Ciel.

21. Voir le *Shujing*, « Le Classique des Documents », XII, 190 B (*op. cit.*, trad. p. 201). Passage versifié et rimé, cité à XVII, 213.

HONNEUR ET DÉSHONNEUR

1. *Cinq armes* : la liste varie : lance, hallebarde (pertuisane), hache, bouclier, arc (épée, dague, flèches...).

2. *Convaincre* : certains lisent « plaire ». — *Hargneux* : opposition de la discussion et de la dispute. On admet le débat mais l'on rechigne au combat verbal, suivant le principe de non-agressivité confucéen.

3. Le droit pénal punissait l'ensemble de la maisonnée pour un crime commis par un membre de la famille.

4. *Hufu* : « Vieux Renard », ville du district de Dangshan, dans l'Anhui ; on y fabriquait de fines lames.

5. *Horreur* : ou « trouver honteux ».

6. Absence de respect des rites.

7. *Refuser ni céder* : ce sont des attitudes rituelles ; on refuse trois fois une offre, on cède le passage.

8. Lacune dans le texte.

9. *Les cyprins et les brèmes* : *chou* serait *Hemiculter leucisculus*, une variété de carpe blanche. *Qiao* est un cyprinidé d'eau douce, *Parabramis pekinensis*, variété de brème.

10. *Qui se connaît lui-même* : la connaissance de soi est associée à l'absence de rancœur envers autrui.

11. *Talent naturel* : des gloses lisent « état brut », concept essentiellement taoïste (huit occurrences chez Lao zi).

12. L'expression tient du *Shijing*, « Le Classique des Poèmes », XVIII-3, 568 A, poème n° 260 (*op. cit.*, trad. p. 399).

13. *Des champs [...] et des bourgs* : richesses conférées en apanage aux dignitaires et destinées à fournir les revenus nécessaires au culte de ces territoires et aux obligations militaires dues au roi.

14. *Cartes et registres* : cartes territoriales et registres démographiques.

15. *Trois Dynasties* : les Xia, les Shang et les Zhou, nominalement au pouvoir sous Xun zi.

16. *Du col [...] des pieds* : expression idiomatique exprimant l'impatience et la prétention.

17. *Yue* : principauté du Sud-Est aux mœurs barbares. — *Chu* : grand État méridional (Hubei, Hunan, Anhui...) considéré comme barbare. — *Raffinement* : représentatif des mœurs du Nord. Une variante lit *Xia*, « la Chine ».

18. Identité de nature de l'homme de bien et de l'homme de peu, comme du Chinois et du barbare ; les différences sont culturelles ou relèvent d'un choix conscient des usages.

19. *Constance* : peut-être encore une tonalité taoïste. — *L'extravagance* est définie comme « inconstance ».

20. *Yu* : r. ~2207-~2197, premier empereur des Xia. — *Jie* : r. ~1818-~1766, dernier souverain de cette dynastie.

21. *Yao* : sage empereur des origines (r. ~2357-~2258). — *Zhi* : brigand du ~VIIe siècle.

22. Ces phrases sont répétées par erreur, puisque la précédente insiste sur les choix personnels et les mœurs qui distinguent des hommes disposant d'un même capital naturel. Nous supprimons : « Voilà encore ce dont les hommes disposent à leur naissance. Ils sont ainsi sans même

avoir à l'attendre. C'est d'ailleurs ce en quoi Yu et Jie sont identiques. »

23. *Beaucoup d'hommes deviennent* : d'aucuns lisent « beaucoup s'efforcent de ».

24. *Sans maîtres et sans normes* : cf. *supra*, II, 20.

25. *De bœuf ni de porc* : littéralement, « [animaux nourris de] fourrage et de grain », bœufs ou moutons, porcs ou chiens. — *Riz* : riz sur pied, *Oryza sativa*. — *Sétaire* : millet des oiseaux ou sétaire, *Setaria italica*. — *Fèves* : légumineuses à cosse (haricots, pois, fèves…). — *Chénopodes* : feuilles de pois, lophantes ou chénopodes, légumes simples, symboles de frugalité.

26. *Distincte* : opposition des hommes de bien et de peu ; voir II, 19.

27. *Ignorance* : la médiocrité, la vulgarité, l'*ignorance*, résultat de l'absence d'étude chez un homme de peu.

28. *Informé […] soigneux* : qualités où domine le conformisme. L'interprétation des termes fait débat.

29. *Tang* : sage roi (r. ~1765-~1754), fondateur des Shang. — *Wu* : roi sage (r. ~1121-~1116), fondateur des Zhou. — *Zhòu* : dernier roi (r. ~1154-~1122), pervers, des Shang.

30. *Engraisser des bœufs* : c'est le fait d'une

famille riche. Il en est de même de la consommation d'*alcool* et de *viande*, nourritures nobles.

31. *Espèces* : littéralement, « lames et bêches », monnaies revêtant ces formes. — *Grenier [...] cave* : l'argent était dissimulé dans les celliers.

32. *Fossé* : image de déchéance et de famine.

33. *Différenciations* : il s'agit des différentes classes composant la société.

34. *Peuple vivant soul le ciel* : le peuple chinois, sauf les barbares.

35. *Rémunérations* : rétributions versées en nature (grains), selon des barèmes définis par les textes bureaucratiques, tels le *Zhou li*, les « Rites des Zhou ».

36. *Ducs* et *marquis* : il existe cinq classes nobiliaires dont les appellations, *gong*, *hou*, *bo*, *zi*, *nan*, sont rendues par les titres de l'Ancien Régime : duc, marquis, comte, baron, vicomte. L'expression désigne tous les seigneurs.

37. *Fonction* : autant de tâches qui ne sont pas toutes attestées dans les manuels de fonctionnaires sous ces appellations.

38. *Relations humaines* : la société est constituée de catégories socioprofessionnelles (on parle de « rapports de classes »), naturellement inégales en leur statut et leurs compétences,

mais qui forment une cohérence qui permet le vivre-ensemble.

39. Citation du *Shijing*, XX-4, 626 C, poème n° 304. — *Jades* : les disques de jade, dits *gong*, étaient remis au prince, jugé *grand* parce qu'il acceptait grands et petits talents.

TRAITÉ SUR LE CIEL

1. *Yao* régna de ~2357 à ~2258 et *Jie* de ~1818 à ~1766. Ils symbolisent, pour l'un, le meilleur souverain, pour l'autre, le pire.

2. Les *activités de base* sont l'agriculture et la sériciculture.

3. *Étrangetés* : phénomènes naturels incompréhensibles que la population considère néfastes.

4. C'est le thème central : les hommes sont responsables de leurs actes, quelles que soient les calamités générées par le *Ciel*.

5. La capacité à former les *saisons* célestes, les *ressources* terrestres et les *gouvernements* humains est « naturelle ». Le *trio* suppose une interaction entre ces mondes.

6. *Spirituel* : renvoie à une action réalisée « comme par un *esprit* », à la puissance invisible

efficace ; la glose évoque un « véritable administrateur » des phénomènes.

7. Une leçon donne « effets dus au Ciel », parallèle à la phrase précédente où les effets sont dus aux esprits. « *Céleste* » s'entend *naturel*.

8. Formation du *corps* (os, chair, orifices...) et de « l'âme spirituelle » (ici appelée *esprit*), lors de la formation du fœtus.

9. C'est-à-dire le *prince* du corps conféré par le Ciel / nature. Le cœur est le siège des sentiments, de la pensée, de la volonté, d'où son titre de souverain. — *Cinq organes* : littéralement, « cinq officiers ».

10. *Espèce* : espèce humaine en tant que catégorie. Prohibition de l'anthropophagie (on se nourrit d'animaux et de plantes). Principe appliqué aux nourritures des esprits à qui l'on offre ce qui n'appartient pas à leur espèce.

11. L'observation des règles édictées par *le Ciel* suffit à savoir ce qu'il est ; inutile de chercher à comprendre ses mécanismes. Voir ici, à 206. L'acte spontané est plus important que l'intellection d'un phénomène. L'idée est taoïsante.

12. *Non-agir* contre les dispositions naturelles. Ne pas chercher à reconstruire des mécanismes qui échappent.

13. *Agit de lui-même* : le souverain laisse aux experts l'observation des mécanismes célestes. Lui garde *la Voie*.

14. *Yu* fut empereur de ~2207 à ~2197 ; sur *Jie*, voir ici, à 205.

15. Citation du *Shijing*, « Le Classique des Poèmes », XIX-1, 585 C — 586 A, poème nº 270 (*op. cit.*, trad. p. 422). — Le *Grand Roi* (Taiwang) était le grand-père du fondateur des Zhou. — Le *haut mont* est le Qi, district de Qishan, au Shaanxi, site de l'ancienne capitale des Zhou. — *Le roi Wen* est le père du fondateur des Zhou (r. ~1122).

16. Formulation d'une critique de l'apparat excessif.

17. *Fèves [...] eau* : nourriture frugale d'un homme modeste. La frugalité est la marque du sage.

18. Phénomènes étranges susceptibles d'interprétations funestes. — *Les arbres chantent* : arbres plantés sur les tertres des dieux du Sol au caractère sacré.

19. Cette phrase n'est pas à sa place. Les *fécondations* mutuelles de *chevaux* et de *bovins* ou les naissances de monstres sont signalées dans les histoires comme traduisant un dysfonc-

tionnement social. — *Six animaux* : porc, mouton, bœuf, coq, cheval, chien.

20. Les chamans dansaient pour *la pluie* en cas de sécheresse.

21. On battait tambour et provoquait des bruits pour effrayer le monstre qui « avalait » l'astre.

22. La *divination* se faisait par consultation de l'*achillée* et l'examen des craquelures de carapace de *tortue*.

23. La provenance de ce poème rimé n'est pas connue ; il peut être dû à l'auteur. Celui-ci oppose l'attitude attentiste vis-à-vis du Ciel à celle de l'homme de bien qui prend en charge les êtres. — *Transformer* : peut-être une allusion au mythe de Houji, le « souverain Millet », qui sema les graines et éleva les vers à soie.

24. Lier de part en part les éléments de la voie. Les rites sont censés ne pas avoir changé.

25. *Shèn zi* était le penseur légiste Shen Dao. — Selon un point de vue taoïsant, il importait que le sage restât à *l'arrière* sans se montrer à *l'avant*. D'aucuns entendent qu'il ne s'intéressait qu'au passé.

26. *Mo zi* est critiqué pour sa préférence de « l'amour universel » qui traite chacun indépendamment de son statut social.

27. *Song zi* était Song Xing (~IVe-~IIIe siècle), homme de Song qui s'en tenait à la frugalité et à la rareté des désirs. Son œuvre compta dix-huit chapitres.

28. Passage cité *supra*, II, 22.

Composition IGS-CP
Impression Novoprint
à Barcelone, le 4 avril 2013
Dépôt légal : avril 2013

ISBN : 978-2-07-045188-3./ Imprimé en Espagne.

249848